ALPHONSE SCHELER

L'AIGUILLEUR

MONOLOGUE DRAMATIQUE

Dit par M. WORMS de la Comédie Française
Professeur au Conservatoire.

PRIX 1 FRANC   PRIX 1 FRANC

SIXIÈME ÉDITION

×

PARIS

PAUL OLLENDORFF, ÉDITEUR
28bis rue de Richelieu

1895

Tous droits réservés.

L'AIGUILLEUR

LES POÈTES DU DEVOIR

DU MÊME AUTEUR

PREMIERS ACCORDS, poésies, 1 volume in-18. —
Paris, 1876 . . . . Fr. 3 —
DISCOURS DU PAPE PIE IX (un rêve). — Paris,
1870 . . . . Fr. o 5o
BIOGRAPHIE DU DUC DE BRUNSWICK. — Genève, 1873
(épuisé). . . . . Fr. — —
D'UN SIÈCLE A L'AUTRE, comédie à-propos en 1 acte
et en vers (en collaboration avec Jules Salmson),
in-18. — Paris, Paul Ollendorff, 1879. . . Fr. 1 5o
LA DICTION ET L'ÉLOQUENCE, discours d'ouverture
prononcé à la Faculté de droit de l'Université de
Genève, in-18. — Paris, 1882. Paul Ollendorff
LE COSTUME DE PIERROT, monologue dramatique,
dit par Mme Sarah Bernhardt, 5me édition, in-18. —
Paris, Paul Ollendorff, 1895 . . . . . Fr. 1 —
LE CAPITAINE MARIN, monologue dramatique, dit
par Mme Sarah Bernhardt, in-18. — Paris, Paul
Ollendorff, 1895 . . . . Fr. 1 —

EN PRÉPARATION :

LES POÈMES DU DEVOIR

ALPHONSE SCHELER

L'AIGUILLEUR

MONOLOGUE DRAMATIQUE

Dit par M. Worms de la Comédie Française
Professeur au Conservatoire.

SIXIÈME ÉDITION

PARIS

PAUL OLLENDORFF, ÉDITEUR

28bis rue de Richelieu

1895

Il a été tiré de cet ouvrage 5o exemplaires sur
papier de Hollande; ces exemplaires sont numérotés.

A

EUGÈNE MANUEL

AU

Chantre des « OUVRIERS »

A L'AUTEUR DES POÈMES POPULAIRES

Ce récit est humblement dédié.

A. S.

EUGÈNE MANUEL

CHANTER ... « LES POÉSIES »

L'AUTEUR DES POÉSIES POPULAIRES

Ce livre est humblement dédié.

L'AIGUILLEUR

I

C'était à Wissembourg le plus joyeux luron
Qu'on connût, et chacun l'aimait, le forgeron
Walter, du plus petit jusqu'à Monsieur le Maire.
Travailleur, sobre et bon, il avait pour sa mère,
Dont fort jeune il était resté le seul soutien,
Un de ces dévouements qui, dans chaque entretien,
Par tous était cité. Debout avant l'aurore,
A l'atelier la nuit le retrouvait encore
Limant, chantant, riant et forgeant du soleil,
A l'heure où le bourgeois déjà songe au sommeil.
Si quelque compagnon l'appelait au passage,
Disant : — « c'est se tuer, Walter, tu n'es pas sage ;
« Viens donc vider un verre au cabaret voisin. »
— « Merci, répondait-il, le beau jus du raisin
« Profite doublement quand il coule en famille ;

« Regarde, la maman m'attend sous la charmille
« Où fume le souper, qui serait incomplet
« Si je n'étais pas là pour chanter mon couplet. »
Comme pour éviter toute oiseuse réplique,
Le marteau reprenait son refrain métallique
Et l'on n'insistait pas, car chacun savait bien
Que quand Walter avait dit non, c'était non. Rien
Ne le délassait mieux d'ailleurs, que la veillée
Passée avec sa mère heureuse, émerveillée
Toujours de son fils, rien... sinon les doux instants
Consacrés, chaque fois qu'il en trouvait le temps,
A Rella, brave enfant, fille aussi d'une veuve.
Tous deux en même temps avaient connu l'épreuve
De voir mourir leur père, et l'amour bien souvent,
Pollen vers le pistil entraîné par le vent,
Naît d'un chagrin commun ; attraction divine
Où, dans un même sort, l'un l'autre on se devine.

Or, dans tout le pays, pour nos deux amoureux,
Il n'était qu'un souhait : « Puissent-ils être heureux. »

II

La guerre vint. Walter parut tout à coup sombre.
L'horizon, lumineux hier, se voile d'ombre.
Sans doute il était fils unique et, comme tel,
Dispensé d'exposer son front au coup mortel ;

Mais c'était une mère aussi pour lui, la France ;
Plus malheureuse, il lui donna la préférence.
Le lendemain, l'adieu se fit au petit jour,
Et Walter s'en alla fort de son triple amour.

* Ah ! comme en un instant a changé la demeure
Du brave forgeron. Hier à la même heure
L'acier tintait gaîment sous les coups du marteau ;
Aujourd'hui plus d'enfants assemblés en troupeau,
Plus d'étincelles d'or jaillissant de l'enclume,
Plus de soufflet qui geint, de charbon qui s'allume,
De reflets rougissant les visages bistrés.
Tout est clos. Et là-bas, comme des sinistrés
Echappés par miracle à quelqu'affreux naufrage,
Deux femmes, sans parler pour garder le courage,
Reviennent gravement, les yeux au sol baissés.
Pas de plainte ; à quoi bon ? Doux êtres délaissés,
Ils savent que Walter se doit à la patrie
Et, résignée au sort, tout bas chacune prie.

III

Le jour baisse. Ecoutez. Depuis l'aube on se bat.
Les deux camps ennemis, poursuivant leur sabbat,
Mêlent leurs cris aigus aux signaux des trompettes.
Comme le vent du Nord soufflant dans les tempêtes,

---

* Cette partie jusqu'au prochain astérique est supprimée au débit par M. Worms ; voir à la fin du poème, la variante à intercaler.

Les balles font entendre un strident sifflement ;
Le fracas des obus et le sourd grondement
Des canons, vomissant leurs terribles mitrailles,
Font frémir par instants la terre en ses entrailles.
Une fumée épaisse obscurcit le couchant,
Et, moissonneurs de mort acharnés à leur champ,
Les Français, à tout prix voulant la place nette,
A corps perdu s'en vont, fous, à la baïonnette.
Spectacle horrible, hélas ! où nul n'a de souci
Que de tuer toujours, de tuer sans merci.
Walter est là-dedans ; lui, si bon, lui, si tendre,
Il est là, l'œil hagard, frappant sans même entendre
Les plaintes des blessés, le râle des mourants
Qui tombent sous ses coups. Il frappe, et dans les rangs
Si quelque camarade hésite, il l'encourage :
« En avant ! En avant ! » hurle-t-il, grand de rage.
On le suit. L'ennemi, de stupeur atterré,
Recule. Il est vaillant, mais il est resserré
Dans une gorge étroite, et la nuit devient noire...
Soudain résonne un cri formidable : — Victoire !...
Comme un globe de feu la lune en ce moment
Se lève à l'horizon et l'on voit nettement
A travers prés, fossés, champs labourés et vignes,
Abandonnant fusils, canons, tambours, insignes,
Les Prussiens éperdus se sauver en troupeau,
Tandis que, tout sanglant, Walter tient leur drapeau.

. . . .

Hélas ! le lendemain, dans l'ambulance étroite,
Un docteur amputait trois doigts de la main droite

Au noble forgeron. Alors on l'entendit
Exhaler une plainte ; un instant il perdit
Courage et lui, si fier naguère sous les armes,
Comme un enfant laissa couler de grosses larmes.
— «Mes doigts, mes pauvres doigts », disait-il
                                        [sanglotant,
« Et toi, marteau fidèle, outil que j'aimais tant,
« Tu ne sonneras plus ta rude mélodie,
« Il faudra pour ma mère, hélas ! que je mendie,
« Ah ! cet obus aurait bien dû m'atteindre au cœur !... »

Et le sommeil put seul consoler ce vainqueur.

IV

Trois ans sont écoulés. Dans l'affreuse tourmente,
Vaisseau mal équipé sur la mer écumante,
La France a bien souffert. Son sol on l'amoindrit,
Ses coffres sont vidés ; mais son plus pur esprit
Lui reste par bonheur au fond de sa besace,
Avec l'amour fécond des nobles fils d'Alsace,
Seul beaume alors qui pût apaiser sa douleur
Et donner quelqu'espoir après un tel malheur.
Ceux que ne retient pas le facile bien-être
Ont préféré la France au lieu qui les vit naître...
Vous pouvez conquérir, empereurs ; vous pouvez
Agrandir vos états, faire sur les pavés

Couler le sang de vos guerriers, livrer aux flammes
Les cathédrales ; mais vous n'aurez plus les âmes,
Non, non, ces temps sont loin de nous. Tous sont partis,
Ils s'en sont tous allés, les riches, les petits,
Résignés, appauvris, tous grands du sacrifice
Fait simplement et sans calcul, sans artifice.
Ah ! qui dira le cœur qu'il fallait pour partir,
Pour laisser ce clocher qui devait retentir
Au baptême prochain, au prochain mariage ?
Qui dira les soupirs en faisant le triage
Des mille riens aimés dont on fut entouré
Toujours, doux souvenirs de quelqu'être adoré ?
Les donner ? Non jamais, encore moins les vendre ?
Plus d'un a préféré les voir réduire en cendre ;
Qui dira les sanglots dont chacun fut témoin,
Et combien sont restés qui voudraient être loin ?...

*

Walter l'un des premiers, le couteau sur la gorge,
Pour un morceau de pain a dû céder sa forge ;
Sa pauvre mère est morte et la douce Rella
A voulu ce mari qu'un obus mutila.
Tous deux péniblement, mais gardant l'espérance,
Ont suivi le chemin qui conduit vers la France.
Arrivés là, que faire ? Il leur reste bien peu ;
L'argent, dans ce Paris, c'est de la paille au feu !...
Si sobre que l'on soit, il faut pourtant qu'on vive ;
On dépense bien plus dans la vie inactive.
Walter a postulé dans les chemins de fer ;

Il attend. Les bureaux ! mais c'est comme l'enfer
Dont on sort rarement, dit-on, quand par la porte
On est entré ; sa lettre est là-dedans. Qu'importe
Un ouvrier ? mon Dieu ! tous les jours par milliers
Il s'en présente au point d'user les escaliers ;
La paperassse, hélas ! dans les cartons fourmille,
Et Rella doit bientôt augmenter la famille,
Moment pour tous critique et pour eux plus encor,
Car Walter est au bout de son petit trésor.
Le jour il sort afin de cacher à sa femme
Son souci. — Mendier !... Non ! ce serait infâme !
Puis il est pris parfois d'un si grand désespoir
Qu'il évite les ponts lorsqu'il rentre le soir ;
Mais alors aux reflets de quelqu'humble vitrine
S'éclaire le ruban qu'il porte à la poitrine,
Et bientôt, oublieux de ses propres malheurs,
Pour la patrie en deuil il trouve encore des pleurs.

Tel, après l'ouragan, lorsque le ciel rougeoie,
Le pilote inquiet, renaissant à la joie,
Annonce aux passagers qu'on aperçoit le port,
Tel, par un soir d'hiver, dans son premier transport,
Walter, comme un rayon à travers la lézarde,
Entra tout radieux dans la triste mansarde
En criant à Rella qu'il était aiguilleur !
— « Ils allaient donc enfin avoir un sort meilleur.
« Quinze cents francs par an, l'aubaine est opportune,
« Mais quoi ?... Pas un seul mot quand je tiens la
[fortune,

« Que veut dire?... » — « Elle dort, silence », interrompit
Une brave voisine. « Ah ! qu'elle ait ce répit,
« Car elle a bien souffert ; vous avez une fille,
« Embrassez, doucement... est-elle assez gentille ? »

Et, se voyant renaître enfin dans son enfant,
Doublement ce soir-là Walter fut triomphant.

V

Avril déjà trois fois est revenu, fidèle,
Ramenant avec lui les cris de l'hirondelle,
Les bourgeons verdoyants, les horizons dorés,
Le ramage des nids et les fleurs dans les prés.
Ainsi qu'une épousée au moment de l'attente,
La nature a repris sa toilette éclatante.
Tout rayonne et sourit ; herbe, ruisseau, buissons,
Aux baisers de la brise ont d'amoureux frissons.
Le soleil fécondant couvre de ses caresses
Plaines, côteaux, forêts. Prodigues de tendresses,
En haut des peupliers, les corbeaux, bec à bec,
Croassent d'avenir dans leur lit de bois sec.
Sur un banc vermoulu devant l'humble guérite,
Réduit étroit et sombre où l'aiguilleur s'abrite,
Une femme, un enfant sont assis. Le repas

Qu'on porte tous les jours de travail aux papas
Dans les chantiers est là tout chaud dans la gamelle,
Walter est occupé. Sa femme à la mamelle
Tient un autre bébé ; malingre nourrisson
Qu'elle rend à la vie au bruit d'une chanson
Plaintive, et dont elle a, pour gagner, pris la charge.
Au loin la voie étroite et qui devient plus large,
Blanche avec ses rayons parallèles et noirs
Qui tracent les profils d'immenses entonnoirs,
S'étend à l'horizon jusqu'à perte de vue.
C'est l'heure où l'aiguilleur fait toujours la revue
Des ressorts, de l'aiguille et même des boulons,
Car un rien peut causer tant de malheurs. — «Allons»,
Dit-il, « tout est fini. J'ai bien gagné ma soupe ».
Il revient et son corps vigoureux se découpe
Dans l'ardente splendeur du soleil de midi.
Marguerite le voit et, joyeuse, bondit
Vers ce père dont elle est le charme et la vie ;
Lui, l'enlève et la fait sauter en l'air ; ravie,
L'enfant bégaie : — « Encor, bon petit père, encor ! »
Les rires, les baisers dans le joyeux décor
Printanier vont se perdre, et les oiseaux s'étonnent
Qu'avant le temps marqué déjà les bois résonnent.

La mère a disposé le modeste couvert ;
Autre fête ! on s'assied le long du talus vert ;
Heureux du travail fait chacun se rassasie
Et ce spectacle intime est plein de poésie.

Ce jour-là Marguerite est lourde après dîner,
Son regard indécis et doux fait deviner
Un besoin de sommeil. — « Ne dors pas, ma chérie »,
Dit Rella, chatouillant l'enfant pour qu'elle rie
Et se réveille, — « allons ! nous retournons chez nous ».
Mais Walter l'a déjà prise sur ses genoux
Et cherche à l'endormir. — Oh ! laisse-la moi, femme,
« J'éprouve en ce moment un tel bonheur dans l'âme
« Que la voir s'en aller me rendrait tout chagrin. »
— « Grand enfant », songe donc que le train
« Va passer avant peu, tu dois être à ton poste. »
Mais l'homme se levant et, pour toute riposte
Souriant à sa femme, emporte lestement
L'enfant dans la guérite et là, d'un vêtement
Sur deux chaises posé, lui fait une couchette,
Et, tandis que Rella se dérobe en cachette,
Walter, plus qu'une mère, ému, silencieux,
Regarde par degrés se clore les beaux yeux
Du chérubin laissé seul à sa vigilance.

Le bruit de la cornette a troublé ce silence.
L'enfant n'a pas bougé, pour sûr il doit dormir.
On entend vaguement soupirer et gémir
Comme un taureau blessé : c'est la locomotive
Qui s'approche, entraînant dans sa course hâtive
Choses, bêtes et gens, comme en un tourbillon
Formidable et sans fin, monstre qu'un aiguillon
Semble avoir mis en rage et que plus rien n'arrête.
Walter court au devoir ; déjà l'aiguille est prête,

L'express descend la pente et sa vitesse croît
A chaque instant du double. Or, juste en cet endroit,
L'aigu sifflet fend l'air, il annonce la ville,
Et, dans le fond des bois, l'écho siffle servile,
Répercutant aussi le confus roulement
Qui devient plus bruyant de moment en moment.
D'une main l'aiguilleur nerveux tient la lentille,
Soudain, tournant la tête, il voit là-bas sa fille.
Horrible vision ! — elle accourt en riant,
Calme entre les deux rails, où, faucheur effrayant,
Le convoi va passer. — « Non, non, c'est impossible...
« Ce n'est pas mon enfant, puisqu'il dort là paisible...
« Je suis halluciné... mais non... Bébé, va-t-en !...
« Mon Dieu, que devenir ?... » — Le monstre haletant
S'avance. — « Marguerite !... O ma fille chérie...
« Sauvez-la donc, mon Dieu !... » Mais c'est en vain
                                    [qu'il crie :
Sa fille en trottinant, va tranquille à la mort. —
L'aiguilleur, torturé par un affreux remord,
Sent une brume rouge obscurcir sa cervelle,...
Lorsque à ses yeux soudain un moyen se révèle :
— « S'il aiguillait à gauche !... A gauche ?... Oh !
                                    [malheureux !...
« Faillir à son devoir !... non... ce serait affreux...
« N'a-t-il pas dans sa main le sort de mille vies ?
« Par sa faute peut-être elles seraient ravies !
« Jamais !... » et, détournant les yeux, résolument
Sur sa fille, qui glisse et tombe en ce moment,
Il lance le convoi. L'express passe rapide

Et l'aiguilleur s'affaisse, évanoui, stupide.

Mais tandis que le train file à toute vapeur,
L'enfant s'est relevée, ayant à peine eu peur.
Elle court à l'endroit où gît son pauvre père,
L'appelle en l'embrassant. — Bientôt le charme opère ;
Et, baisant ce trésor qu'un miracle a sauvé,
Walter dit sanglottant : — « Mon Dieu ! j'ai donc rêvé !»

VARIANTE *

Comme un jeune lion qui défend sa femelle
Et, fougueux, dans l'assaut, se roule pêle mêle
Avec tigres, chacals, serpents et léopards,
Walter s'est élancé, frappant de toutes parts,
Sans trève ni regret, et d'estoc et de taille.
C'est la première fois qu'il voit une bataille ;
Mais, parti par devoir, rien ne l'arrêtera.
Qu'importe que demain lorsque le jour poindra
Ses doigts soient amputés et sa force épuisée !
Versé pour le pays tout sang devient rosée,
Et le fils de la veuve a le sort bien plus beau ;
Car, en versant le sien, il a pris un drapeau...

Trois ans sont écoulés. Dans l'affreuse tourmente,
Vaisseau mal équipé sur la mer écumante,
La France a bien souffert ; mais dans ce grand malheur
Les nobles fils d'Alsace apaisent sa douleur.
Ceux que ne retient pas le facile bien-être
Préfèrent la patrie au sol qui les vit naître.
Ils s'en sont tous allés, les riches, les petits ;
Résignés, appauvris mais fiers, tous sont partis.

* Voir la note à la page 9.

Imprimé

PAR

J. COUCHOUD & Cie

A

LAUSANNE